TABLEAUX

PAR

H. M. HOWARD

CONDITIONS DE LA VENTE

Elle sera faite au comptant.

Les acquéreurs paieront 10 o/o en sus du prix d'adjudication.

L'exposition permettant au public de se rendre compte de la nature et de l'état des objets, il ne sera admis aucune réclamation une fois l'adjudication prononcée.

Paris. — Imp. Ménard et Chaufour, 8-1o, rue Milton

CATALOGUE

DES

TABLEAUX

PAR

H. M. HOWARD

Dont la VENTE aura lieu

A PARIS, HOTEL DROUOT, SALLE N° 8

Le Lundi 22 Avril 1901

A 3 HEURES PRÉCISES

Mᶜ J. GUILLET	M. F. CUÉREL
COMMISSAIRE-PRISEUR	EXPERT
34, Rue Baudin, 34	9, Rue Eugène-Suë, 9

EXPOSITION PUBLIQUE

Le Dimanche 21 Avril 1901

de 2 heures à 5 heures 1/2

M. Henry HOWARD

*M. Henry Howard qui, depuis cinq ans.
expose au Salon de Paris, ainsi qu'aux Expo
sitions de peinture d'Angleterre, d'Allemagne et
des Etats-Unis, est parmi les élèves de M. Ferdinand Corenon, un de ceux qui promet davan-
tage.*

*Comme d'ordinaire, M. Howard expose cette
année au Salon des Champs-Elysées.*

*Les 78 tableaux et esquisses qu'il a l'honneur
de présenter en ce moment au public, donnent la
mesure de son talent déjà mûr et confirment
pleinement les espérances de ses débuts. Parmi
ses œuvres, on trouvera des reminiscences d'Angleterre et de Bretagne,*

*Son exécution est ferme et virile et il est remar-
quable qu'un jeune comme M. Howard, soit
arrivé à obtenir de si heureux résultats en trai-
tant un sujet insaisissable entre tous : La mer.
Il est essentiellement et exclusivement un peintre
de marine et il aime la mer comme celui-là seul
peut l'aimer qui a passé des années auprès d'elle,
l'étudiant dans toutes ses phases.*

*Heureusement pour la personnalité de son
talent il n'a jusqu'ici subi l'influence d'aucune
école en particulier ; mais fidèlement telle qu'il
la voit, il rend le charme changeant de la mer,
ensoleillée ou orageuse, terrible ou souriante.*

XXX

M. Henry HOWARD

M. Henry Howard, whose work for five years has been exhibited in the Paris Salon, as well as in other Exhibitions of England, Germany and America, is one of the most promising pupils of the well known and eminent artist, M. Ferdinand Cormon. M. Howard exhibits in the Paris Salon this year as usual, and the 78 paintings and sketches, which he is now offering for sale, are examples of his riper work, and fully justify the early predictions made for him. Among them will be found bits of Brittany, Cornwall and Whitby, and many reminiscences of the Channel. His execution is strong and vigorous and it is remarkable that so young a man — for M. Howard is but twenty seven years of age, — should have accomplished such happy results with that most elusive of all inspirations : the sea. For he is a marine artist exclusively, and loves the sea as only a man can, who for years has lived upon it, and studied its every mood. Happily for the freshness of his work, he has as yet been influenced by no particular school, but, faithfully, as he sees her, from sunshi neto storm, from grave to gay, he paints the ever changing tempers of the sea.

xxx

DÉSIGNATION

ANGLETERRE, YORKSHIRE
WHITBY, ÉTUDES

1 — Retour des bateaux de pêche.

2 — La Flotte de pêche.

3 — Bonne brise.

4 — Le Port.

5 — Autre vue du port.

6 — La Rivière, marée basse.

7 — La Rivière, marée haute.

8 — Mauvais temps.

9 — Remorqueur, marée basse.

10 — Bateaux de la petite pêche.

11 à 14 — La Côte aux environs de Whitby.

CORNUAILLES

15 — Le " Lands End ".

16 — Ètude du même.

17 — Matinée brumeuse. Sumere Cove. Étud

18-19 — Vagues, marée montante. Sumere Cove. Étude.

20 — Vague contre jour. Sumere Cove.

21 — Étude du même.

22 — La Baie Saint-Yves. Etude.

23 — Relevée des casiers à homards sur la côte, mer houleuse. Etude.

24 — Matin, départ pour la pêche. Sumere Cove. Etude.

25 — Bonne brise. Sumere Cove. Etude.

26 — Etude de soir. Sumere Cove.

27 — Le " Cap Cornwal ". Etude.

28 — Porthmeor. Saint-Yves. Etude.

29-30 — Etudes du soir. Sumere Cove.

31 — Etude du soir. Saint-Yves. -

32 — La Jetée. Saint-Yves. Etude.

33 — " Voilà la brume ". Lands End. Etude.

34 — La Baie. Sumere Cove. Etude.

35 — La Côte. Saint-Yves. Etude.

36 — Vague, contre-jour. Sumere Cove. Etude.

37 — Marée descendante. Saint-Yves. Etude.

38 — Marée basse. Sumere Cove. Etude.

39 — Une Journée de pluie. Sumere Cove. Etude.

40 — Ombre et soleil, baie de Saint-Yves. Etude.

41 — La Côte. Saint-Yves. Etude.

42 — Ombre et Soleil, en pleine mer. Etude.

43 — La Côte " Cap Cornwall ". Etude.

44 — Marée montante. Sumere Cove. Etude.

45 — Etude. Sumere Cove.

46 — " En arrière toute! " Journée de brume sur la côte dangereuse de Cornwall.

LIVERPOOL

47 — L'Arrivée dans le Mursey d'un transatlantique. Le Canarder. " Campania ".

PAYS-BAS

48 à 51 — Bateaux de pêche Scheveningue.
Etude.

52 — Bateaux de pêche. Beynet. Belgique.

FRANCE, BRETAGNE

53 — Vague à la pointe de l'Ile de Batz. Roscoff.

54 — Etude du même.

55 — L'Ile de Batz, temps sombre.

56 — Etude. Marée basse. Roscoff.

57 — Etude.   —   —

58 — Etude, marée montante. Roscoff.

59 — Etude. Soirée d'orage.   —

60 — Etude. Le Soir.   —

61 — Etude d'orage.   —

62 — La Baie du Mont Saint-Michel.

63 — Cancale, matinée brumeuse.

64 — Sortie à la pêche, matin.